ET JE
T'AIMERAI
ENCORE

LUCAS CLAVEL

ET JE
T'AIMERAI
ENCORE

ESSAI

PRÉFACE

de *Marion Seclin*

Lucas,

Je vous en veux, je crois.
De quel droit avez-vous osé pénétrer mes doutes les plus forts, pour écrire votre poésie ? Vous nourrir de mes songes pour vous en moquer, parce que vous, vous semblez avoir compris de quoi l'amour est fait, c'est honteux.

Quand est-ce que je vous ai donné la permission de venir fouiller dans ma tête, de retourner mon coeur, de faire frissonner mon corps, avec vos mots ?

Ça doit être de ma faute, je me suis faite avoir comme une débutante des émotions. J'ai cru être seule à décortiquer l'amour et ses séquelles. J'ai lu votre livre. Une fois, d'une traite, comme on vide un verre d'eau fraiche après un après-midi sec. Et il m'a fait l'effet d'un verre de sable, tant il déchirait mes souvenirs d'amour et d'érotisme. Tant il ridiculisait et asséchait mes pensées. Comme si vous aviez volé les rouages de mon esprit.

Comme vous, je pense souvent à l'amour. Il n'y a même pas assez d'unités de mesure dans une journée pour vous dire combien de fois par jour j'y pense, et veux le comprendre. Je n'arrive pas à savoir si vous écrivez pour comprendre l'amour ou pour ne pas oublier.

Puis, j'ai relu votre livre. Doucement, à tâtons, comme on désinfecte un gros bobo. Et il m'a fait l'effet d'une pommade crémeuse. Il a rassuré mes peurs, et m'a soufflé aux oreilles que je n'étais pas toute seule, et que si nous étions peu à vouloir comprendre l'amour et ses besoins, au moins vous étiez avec moi.

En vous lisant j'ai eu la sensation de vous faire l'amour, que vous m'aviez fait l'amour. Qu'on s'était aimés, déchirés, séparés, retrouvés, pressés, détestés, et aimés à nouveau.

Vous m'avez offert toutes les sensations d'un amour profond, de sa naissance à sa mort. Mais, quand j'ai fini votre livre, je vous en ai voulu d'avoir tant joué avec moi. D'avoir su comprendre ce qui fait vibrer l'humain, et de l'avoir utilisé sans parcimonie. De m'avoir demandé d'être votre cobaye, première victime.

M'avez-vous aimé ?
Comme je vous ai aimé au fil des pages. Avez vous senti ma langue sur vos mots les faire rouler, les répéter, pour qu'ils emplissent l'air ? Avez vous aussi senti la chair de poule se former sur ma peau quand vous calmiez mes angoisses ? Vous souvenez-vous, vous aussi, de notre idylle sur le papier ?

Et plus je vous écris, plus je comprends. C'est le sadisme de l'auteur. Chaque lecteur croit avoir été aimé par lui, mais lui n'en n'a aucune idée. Aucun souvenir.
Aucune sensation.

Alors je dois seule, me remettre de ces souvenirs que j'ai construits avec vous, à cause de vous. La rupture solitaire d'une relation rêvée. Voilà ce qu'est votre livre. Le scénario d'une relation amoureuse de ses premières étincelles aux cendres de ses souvenirs.

Vous m'avez offert l'occasion d'aimer et d'être aimée comme jamais personne ne l'avait fait avant. Mais vous me l'avez repris quand j'ai fermé votre livre.
Alors je vous en veux.

Merci.
Mais je vous en veux.

Marion

J'ai croisé
une tendre
lune, si douce et
immensément belle, que mon ombre
a décidé de mourir pour vivre auprès d'elle,
nue et sans mensonges, avec pour seul espoir la
naissance d'une union
éternelle.

NE NOUS PERDONS PAS, À TROP ATTENDRE DE

Ce soir encore,
il est presque minuit dans la grande mesure de
ton univers, seul l'écran de ton téléphone (ou de
ce livre ?) murmure une *maigre lueur* dans
cet énorme amas d'obscurité,

>   pour toi,
>   encore trop tôt pour te coucher, mais
>   déjà trop tard pour entreprendre
>   le moindre événement.

Le bout de tes ongles est peint et asséché, il est
difficile d'y percevoir une couleur. Tu portes sur
ton cœur le maquillage d'une robe déchirée,
quelques dorures de ta *beauté invincible*,
peut-être la gravure de mon nom
que je tente de broder
en te laissant

>   parcourir ces pages, mais, sans doute,

les écorchures des paroles mensongères et des
prières sans écoute. *Tout*   *est silence*,
mais l'absence résonne, et papillonne dans ton
crâne comme un oiseau se heurtant au bord
d'une cage, les ailes tranchées par des barreaux
faits de diamants. Tu regardes,
ce qu'il reste de ta vie,

NOUS
TROUVER.

allongée dans un lit bien *trop grand*, dans une te-
nue bien *trop large*, avec des rêves bien *trop loin*
et des souvenirs encore *trop proches*,
tu te demandes pourquoi
l'envie s'éteint soudain, pourquoi le désir nait
sans cesse, pourquoi aucune justice ne t'épargne
de tout ce mal
après tout le bien que tu as donné en amour,
pourquoi les caresses sont rendues sous forme
de coups, pourquoi les baisers sont maintenant
devenus des crachats, pourquoi les frissons de
plaisir sont devenus des frissons d'angoisse, de
peur, de terreur, d'une souffrance si forte qu'elle
terrasse le temps, qu'elle enterre la joie,
en semblant éternelle,
en ne durant qu'un instant.
Oh, pourtant tu étais prévenue,
tout le monde t'avait avertie, tes parents,
tes amis, ils ont tous crié à l'unisson que
l'amour est un complot,
mais, tu as continué d'y croire,
et, comble de la chose, ils ont
eux aussi, continué
d'*y croire*.

c

Mon amour,
la solitude est douce,
                    chez ceux
qui ont appris à
supporter
leur
        propre compagnie.

dans l'ombre de l'encre

my love,
the loneliness is fresh
            with those
who learn to support
        their proper companion

!!!

La romance parfois,
c'est boire le café
avec un fantôme.

μυστικό

Erreur sévère, talent de l'envers,
spirale d'un autre,
retour.

Tu pleures, même sous les étoiles,
dans le sable blanc des
draps humides,

où des vagues limpides
de passé remontent à la surface
où la noyade est un espoir futile
dont tu lèches la préface, dont tu
sirotes l'écume alors que le vent
règne en prince à t'étreindre
                    de sol *i* tude,
et qu'est-ce que tu es belle,
oui belle,
            belle de n'être à personne.

You cry. the same under the stars,

14

I want you to undress
by words, to undress
all your secrets that you hide
deep down
          for you
like the diamonds
are forgotten in a stone & silence

Je veux te déshabiller,
par le langage, te dévêtir
de tous tes secrets qui se cachent
au fond
          de toi,
comme des diamants
oubliés dans une roche de silence.
Oh que le physique patiente
          un peu le long de notre
parade   nuptiale linguistique,
que les langues s'entremêlent de
loin, et que le souffle de nos sens
soit avant tout le désir
de se pénétrer l'esprit,
                    si fort
          que l'envie de chair
          devienne un mystère
aux   *révélations évidentes.*

L'érotisme des sentiments,
c'est la mécanique secrète du temps.

μύγα

Songe, veine en besoin d'ouverture,
manque de courage, trop de raison,
le temps hurle : Fume ! Fume !

Tu étais avec un homme au nom
d'*histoire terminée*, et pourtant
jamais il ne t'a déçue,
          non, ce fut bien pire,
c'est l'amour lui-même qui fut une
déception.
        Tu es épuisée
    de voir que les hommes
     ignorent tes mots doux
     et adorent tes silences.
  Alors tu injuries ces relations qui
ne se font que   *cœur à dos.*

But honey, I'm not him
Then why do I tell you everything you
always tell me   just to
I am leaving, Just to find out if
        I am capable
        of making you stay?

Mais chérie, je ne suis pas *lui*.
Alors pourquoi me dis-tu toujours
je m'en vais,   juste pour savoir si
                    je suis capable
                    de te retenir ?

Souviens-toi, que les troubles de la
terre ne peuvent t'empêcher de voler.

Terre *q*

LA BALLADE DE L'AMERTUME
Envie, besoin de tuer, la moindre
chair ayant osé te
blesser.

Tes sentiments
ne se sont jamais effacés,
ils ont simplement changé.
Tes émotions accumulées sont à
l'image d'une *impérissable phrase*
démembrée de majuscule,
amputée de point,
sur laquelle ta maturité dépose,
régulièrement, des virgules,
et

quelques
autres gestes
de ponctuation,
aidant à la digestion
de cet *écœurement d'existence*.
C'est ridicule, peut-être, mais ta
vie serait plus douce si elle pouvait
être mise, un instant,
entre parenthèses.

Thinking about him
You wonder
how Someone
so temporary
could have left such a
permanent injury?

En pensant à lui,
tu te demandes,
comment quelqu'un
de si *temporaire*,
a pu laisser une blessure
si permanente ?

*Sois heureuse, en apprenant
à contempler la beauté du vide.*

Mer *v*

t

Mon amour,
ne donne pas ton cœur
à celui qui le mérite,
mais à celui qui sait
le faire battre.

les archives du veilleur

My love
Don't give your heart
to the one that deserves it
but to the one who makes it beat

My love for you
will always be too demanding
Because if it is not
It no longer exists.

???

Mon amour pour toi
sera toujours trop exigeant,
car s'il ne l'est pas,
c'est qu'il n'est plus.

My love for you
every day will be very demanding
Because if it isn't
He will no longer exist.

νίκη

Regard sur l'odyssée de ta fleur,
histoire antique sous ta
peau de jeunesse.

Ta peau pèle
sous tes frottements excessifs,
tu te ronges le corps, mais
que peux-tu bien chercher ?
Une preuve que tu vis encore ?
Un *symbole de souffrance* pour te
démontrer que tu peux encore
éprouver ?
Pourtant tu ne fais que ça,
être affectée par tout ce
que la vie t'offre.

Mais je sais
que cela te semble *trop*,
ton existence est à la fois
trop creuse   et   *trop pleine*,
et tu es triste de ne rien ressentir,
     triste de trop ressentir ce rien.
Il faudrait agrafer des lèvres à ton
cœur, pour qu'elles te disent :

Ta vie vaut la peine d'être vécue.

παιδί

LA PLANÈTE DU PLUS FAIBLE
*Piano plein de cendres, difficile de
percevoir la nuance, entre
le blanc et le noir.*

Ah si l'amour
avait été honnête,
aujourd'hui   *tu*
ne serais que douceur.
Mais ces lendemains
avortés ont fait de
ta *façon d'aimer*
une route
pleine
de contretemps, de détours,
de crevasses   où le voyage peut
prendre fin aisément...

Oh
si j'ai appris une chose
en côtoyant ton odeur, c'est
que les accidents ne sont pas rares,
le long
de tes *battements de cœur*.

L'ORPHELIN DE SOI
Plaisir caché sous les ongles,
acceptation dystopique,
amertume.

Tu ne sors plus,
Tu ne te vêtis pas de ta véritable
nature.   Aux fêtes
les autres ne peuvent apercevoir
que ce que tu veux bien
laisser deviner.
                Tu en a terminé
                avec la franchise et
                l'audace de se dévoiler,
dorénavant, tu ne danses que
sous un voile de mensonges
sécuritaires, enveloppée
sous une robe faite
de mystères qui
parlent en
ton   nom.

Et qu'est-ce que tu es belle,
oui encore une fois, à faire
semblant d'être une autre,

                    et
en ne pouvant feindre ton essence
à mes yeux, qui t'admirent en tout
temps.

Adieu, retrouve-moi
dans ce que tu es.

Mer *c*

m

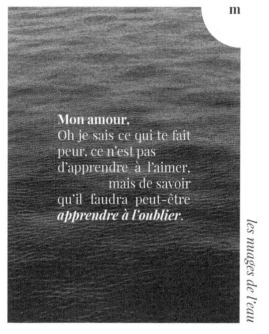

Mon amour,
Oh je sais ce qui te fait
peur, ce n'est pas
d'apprendre à l'aimer,
            mais de savoir
qu'il faudra peut-être
apprendre à l'oublier.

...

Chérie,
ne reste pas près de celui,
qui te t'aime que lorsque tu pars.

παιδί

Mal aux poumons, non,
mal de tout, mal de respirer
un monde qui s'en fout.

L'amour est notre enfant.
Nous (toi et moi) les amoureux,
nous inquiétons pour lui
constamment.
Est-ce qu'il respire ?
Est-ce qu'il va bien ?
Est-il vivant ?
M'as tu aimé ?
M'aimes-tu encore ?
M'aimeras-tu toujours ?

Pour être heureux ensemble
nous devons accepter
de le laisser grandir
sans surveillance,
et   de constater son existence,
non pas par nos *réclamations*
autoritaires, mais par
                              ses propres
            manifestations spontanées.
Aimons-nous d'instinct !
Non pas de besoin.

Lumière de fenêtre,
sans Juliette

Ciel *o*

προστασία

L'ENFANCE DES RÊVES
Lumière de bougie,
évaporation de passion,
tendresse, calme, réconfort.

Animal tu grignotes des sucreries
cachée sous ta couette,
                          seule la lueur
de ton téléphone éclaire ton antre.
Tu laisses, parfois, un bref
morceau de couverture
s'ouvrir vers   *le monde*
                          extérieur,
afin de déverser dans ta tanière un
peu d'air, un peu de ce minimum
vital.
C'est ainsi que tu parcours
ton existence, toujours à une brise
de l'étouffement.

Je voudrais
arracher tous ces draps, et te bâtir
une cabane de coton, où l'air
s'imprègne sans laisser
pénétrer cette   lumière
                    qui t'aveugle tant.
Ainsi je pourrais hurler
que *la Terre peut tourner sans toi*,
et que cela n'a pas
d'importance,
                    car mon soleil c'est toi,
car en ton absence je ne suis
qu'une nébuleuse errant
dans l'infini, et
que je te remercie, de laisser mon
monde tourner encore un peu
autour de ton étoile.

Un orgasme, tel un
tremblemment immobile

ανακαλύπτουν

LA NOSTALGIE DU DOUTE
Neige, difficile d'avancer,
regard dans le dos,
chaînes.

Tu as souvent du partir,
            pour comprendre
                que ceux qui t'ont quittée,
n'ont jamais vraiment
été là.

Reste courageuse,
ne succombe pas à la haine,
c'est une pente, une facilité où tout
n'est que chute
                        sans
                                fond...
                        La vraie aventure c'est
                d'*apprendre à aimer*,
car l'amour est
une montagne à gravir, un sommet
qui se doit d'être mérité.
                        Et moi,   je veux
faire des efforts pour être
digne de ton amour.

*Se souvenir
de ce que l'on sera.*

L'héritage
de la rencontre

Regarde
la terre brûler, les arbres fleurir,
et contemple ainsi, tout ce que tu agites
en mon âme.
                          C'est la nature qui pleure !
Et ce soir encore les heures s'impriment
en poésie dans mes larmes, ces larmes
qui reflètent ton visage.
Arrête !
              Tu ne peux me mentir, je sais que
                    les jours te blessent, je le vois
                                sous tes sourires.
Ne reste pas sur cet écran,
la vie des autres est à vomir, tu dois jouir
de ton temps, s'il te plait, pour moi, toi,
mon *orgasme du quotidien...*
Et ne t'en fais pas,
il y aura des sourires sincères dans ton
              avenir, mais en attendant, sache que
                    savoir que tu existes inspire
                          tout ce que le monde
                                fait de bien.
Je t'aime, c'est ainsi,
c'est suffisant, et tu ne me dois rien... Pas
même une pétale de ta salive au fond de
ma gorge - mais *viens*,
si tu le désires,
tu verras
tout l'amour qu'à distance tu forges -
dans un simple soupir. *Et* lorsque les
temps seront morts, ne crains rien, car
je t'aimerai encore.

c

Mon amour,
Pourquoi attendre qu'il
t'offre un palais ?
Alors
que tu peux construire
ton propre royaume.

l'eau des nuages

!!!

Le plaisir de tes dents
marquant ma peau.

ελευθερία

LE DEVOIR D'ÊTRE CE QUE L'ON MÉRITE
Gravier, amas de poussières,
doute sur l'état, étoiles,
ou cris de chair ?

Ma douce,
je vais te dire qui tu es :
Tu es une œuvre d'art,
ceux qui te trouvent laide
ne savent juste pas
te comprendre.

Oh, ne réclame pas l'amour,
tu sais, la pluie
n'arrose jamais
la fleur par pitié.
Alors offre au monde tout ce que
tu ressens, la nature ne connait *le*
bien et le mal, fais couler le sang de
tes sentiments, alors,
tu seras enfin,
une femme
libre.

Se souvenir
de ce que l'on sera.

Ciel *r*

διατήρηση

L'ESPOIR DE SAUVETAGE
Silence, chaleur d'une tasse de thé,
vagues de sucre, espoir dilué.

Tu dois l'oublier,
celui qui veut   souvent
           de ton amour,
seulement pour savoir si
il peut l'obtenir.

Sois prudente,
c'est une dangereuse confusion
qui existe entre cueillir,
et laisser fleurir.

L'orage dans tes yeux
et le ciel clair de ton sourire sont,
les seuls, temps essentiels dont
mon coeur veut souffrir.

Ma belle, tu es de ces âmes trop
profondes pour oser s'y plonger,
de ces caresses trop fécondes pour
souhaiter t'oublier, de ces drames,
dont la conclusion est un *après*, de
ces femmes, dont la solution est un
secret. Chut... *Je t'aime*, personne
ne le pourrait. Je chute, je saigne,
personne ne comprendrait.

*Avant
n'est rien.*

Terre *s*

σχίσιμο

Lune pleine, température glaciale,
cigarette, griffure sur la joue,
fenêtre ouverte et regret.

– Oh tu n'as pas de cœur, tu es un
homme sans âme !

– C'est toi qui m'as pris les deux,
alors, à qui la faute madame ?

Regarde-moi,
        j'ai des vagues sous la peau,
            des m o r c e a u x de toi
divaguent puis s'attardent sur me
mots.
Tu sais ma belle,
les émaux sur mes lèvres fades
            sont pleins, de l'écume
des *je t'aime*, d'amertume, d'ailes
sans vent, de peine à compter les
étoiles seul sous le ciel du temps,
isolé.
Je me souviens,
                et   je tremble
de ne pouvoir voler,
        et j'oublie encore
        de ne pas t'oublier.
            Ce sont mes veines
        qui crient, c'est mon silence
dont tu lis l'agonie,
                c'est ton absence
    qui rend ce présent si petit.
        Oh, ma voleuse d'éternité,
    pourquoi suis-je encore victime
    de l'*amour d'enfance* depuis
        que je t'ai rencontrée ?

Une météore a frappé la Terre
lorsque j'étais dans tes bras.

t

Mon amour,
Il ne te mérite pas.
Il t'a juste dit : *je t'aime*,
sans être capable
de l'assumer.

la violence de la poussière

???

L'éternité ?
C'est une seconde
dans tes bras.

υποφέρω

LE DÉLICE DE LA MATIÈRE
Température moite, plaisir caché,
amas de fruits brisés coulant
au-dessous des lèvres.

Ne pleure plus mon amour,
parfois aimer
c'est
souffrir de ce que
tu n'as jamais eu.

Tu es
l'excroissance de ma folie,
l'ornement de beauté qui danse
                        en mon âme salie,
le filament bleuté à la source d'une
flamme
qui rougit,
et je souffre des souffles que tu
jettes dans les gouffres où
            je ne suis pas.
Lorsque je t'admire jouir sur moi
je pleure, et je cache mes larmes
dans la sueur, oh
        si j'avais pu savoir, plus tôt, que
            les larmes abritaient aussi
                        le bonheur.
Je n'ai pas honte, crois-moi, mais
ta beauté est une démesure, je ne
peux la soutenir, elle coule *hors de
l'intime*, elle peut s'enfuir, mais je
la lèche, j'avale les gouttes de ce
que j'exprime. Écoute,
c'est la parole d'un homme qui
aime dominer, avec toi l'amour,
c'est *te prendre*,
comme *me donner.*

*Le parfum
de ta fleur.*

Ciel *n*

γέννηση

Draps blancs, oubliés
de pureté, vodka
glace et peine.

Je te tromperai tous les jours,
avec toi...
Car
je te redécouvre
chaque soir, et chaque matin où
tu te découvres de nos draps.

Le corps
tacheté de rousseurs de chaleur,
tu sembles patauger,
dans d'immenses
                    vagues blanches
aux couleurs de mon absence.
Je t'observe de loin, fumant, dans
          un recoin obscur de la pièce,
des mégots de cigarettes relatant
les nuits passées à penser à toi.
J'hume
  la mélancolie matinale de ta chair
   en besoin de caresse, je reluque,
            sans perversion,
les déambulations de tes mèches
attisées par l'air comme un feu de
forêt...
Je suis hors de moi,
à tel point que je me regarde
t'observer, ainsi
                    je contemple mon âme,
          contemplant mon coeur,
contemplant ma vue qui contemple
ton être.

*Le lit plein
de ton souvenir.*

Terre **b**

σας ευχαριστώ

LA VÉRITÉ DU PARDON
Porte ouverte,
dédales sans fin,
peur de vivre.

Dis *merci* à ton ex,
pour t'avoir montré tout ce
que l'amour n'est pas.

Faites venir un poète !
                    Il faudrait quelques
                    coups de pinceaux
                    aux formes de langue
pour peindre ton récit de femme
endormie. Et
si ma vie, un jour, m'emporte
loin d'ici, j'avancerais à reculons,
jusqu'à remonter le temps,
pour jouir des larmes
de ta beauté.

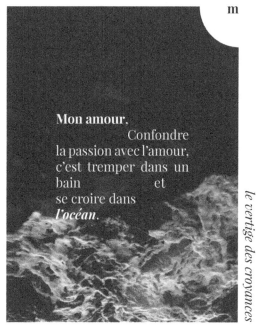

m

Mon amour. Confondre
la passion avec l'amour,
c'est tremper dans un
bain et
se croire dans
l'océan.

le vertige des croyances

...

Je veux savoir :
Qui es-tu lorsque
personne ne te voit ?

εἶναι ἐχθρα

AU FOND DU FAIRE
Pluie battante, mirage,
addiction, refus,
pauvre réel.

Tu dois trouver celui,
qui aimera tout ce que *tu hais*
en toi.   *(tu es)*

Je t'en prie, insulte-moi
avec tes *je t'aime*.
Ne retiens *rien*
de ton amour,
je veux endurer *les séquelles* de ta
vie contre la mienne,   apprécier
les douleurs de ta guérison, et
te prouver que
tous mes départs
mènent à toi.

Avec toi, je coucherais
partout sans changer de lit.

Ciel **p**

LA SOIE DU CIEL
Un verre d'air, un regard
d'étoile, et la terre pour
peindre ta toile.

Les plus
grandes *beautés*
       chez toi,
           sont toutes
        ces petites choses
         que tu t'ignores.

Je me touche le cœur
en pensant à toi.
J'éjacule des poèmes en espérant
jouir sur tes yeux. Regarde, même
la vulgarité, lorsqu'elle *parle de toi*,
est un mot merveilleux.

Tu aimes, si lorsque
tu regardes, tu n'oublies pas.

Terre *x*

κλέφτης

SOUVENIR DE CONVERSATION N.2
Papier froissé par les mouvements
d'une chair, transpirant les larmes
de tout ce qui ne se dit pas.

– Je ne t'aime plus.

– Moi non plus.

– Tu ne m'aimes plus ?

– Non, je ne m'aime plus.
Car en partant tu viens d'ôter la
meilleure partie de ce que je suis.

Oh crois-moi,
pour obtenir l'autre
il faut se donner.
Oui, on peut manipuler, contrôler
et même inciter,
mais l'obtention véritable
ne s'acquiert que par la donation.

Hurler au vol du cœur,
dans un monde où l'amour est bradé.

Mer z

La face cachée
des cercles

Et tu vas bientôt fermer ce livre, et
t'endormir sans moi,
les yeux rivés sur son téléphone en veille,
                alors que la nuit vient,
                    mais toi, tu veilles.
Attends-tu ma main ? Sur ton dos, pour
éviter que glisse le froid d'un drap par un
temps trop chaud.
Oh mon amour, pardon, pardon d'être
      loin,   et d'être le fantôme de
                l'amour que tu ressens.
    Le cercle de ta vie tourne, lentement,
intensément, et aussi tendrement qu'une
                danse sous la pluie,
Et
toutes les morts du soleil ne valent rien,
toutes les naissances de lunes sont des
mirages, et même si l'avenir peut nous
mentir sur demain, il existe un point où
je n'aurai jamais tord, c'est que l'amour
            nous appartient, *et* que
           je t'aimerai encore.

Le goût salé de ta peau
est ma plus tendre sucrerie,
de t'aimer trop mes démons
                    s'envolent
             au paradis.
Tu apaises mon temps,
à coups d'instants éternels,
laisse-moi m'imprégner de l'arôme
qui se cache sous tes lèvres,
ces particules de chairs
qui palpitent
en ailes d'hirondelles, tremblant
sous l'allure de ma langue
dessinant ma passion,
ma folie
à la peinture de salive,
à la dégustation soignée
                    d'un amant
                    qui souhaite autant
te faire l'amour, que te baiser.

αναρχία για
τη δομή

L'AMOUR EST UN SOUVENIR.

Ne donne pas ton cœur
à celui qui le mérite,
mais à celui qui sait
le faire battre.

Pauvre idiot !

Oh non, on ne guérit pas de la peine avec un *je t'aime*, on arrête pas un orage avec un mouchoir.
Alors, si tu l'aimes ne t'arrête pas à ses défauts, car elle est comme une fleur, pour *caresser ses pétales*, il faut *enlacer ses épines*.

Je tombe amoureux, seulement lorsque je m'envole.

Le printemps

Pierre-Auguste Cot

CE QUI M'EFFRAIE
DANS L'ÂME SŒUR,
C'EST DE TROUVER
LA MIENNE
SANS ÊTRE
LA SIENNE.

- À quoi elle ressemble ?

- Une peau de lune, d'un haut en feu, à intimider le soleil, d'un bas en eau, à faire pleurer la mer.

Il y a des jours pour écrire des sms, et une heure pour jeter des cailloux sur une fenêtre.

L'amour c'est oublier le monde, et ne se souvenir que de nous.

Je veux rester le démon de toutes,

et l'ange d'une seule.

MA SOLITUDE COMMENCE DÈS QUE JE QUITTE TES LÈVRES.

Tu peux
hurler à
l'amour :

Réponds moi !

Sans jamais poser
la bonne question.

LA PASSION

L'insomnie, c'est mon corps qui m'ordonne d'écrire sur toi.

L'AMOUR ET LA MORT SONT LES SEULES
CHOSES CAPABLES DE ME GUÉRIR DE LA VIE.

Rien ne m'érotise plus
qu'une femme qui oublie sa beauté.

C'est pour me guérir des
plus beaux anges que je
suis aller quérir l'enfer.

parlent d'amour ?

Combien de fois peut-on brûler dans des yeux qui nous

C'EST OUBLIER, ENCORE, DE CHANGER LES DRAPS.

Toute mon écriture est une offrande
à l'amour, à celui qui est mien, mais
aussi, je l'espère, à celui de ceux qui
prennent le temps de me lire.

J'aimerais
qu'en parcourant mes mots
tu ressentes *mon amour*, mais aussi
celui que tu éprouves, et surtout
celui du monde.
Je crois qu'il est possible,
avec un *je* égoïste, de disserter
sur le pluriel des émotions.

Romé et Juliette.

Julius Kronberg

Mon amour,
tes lèvres sont
le sanctuaire,

de tous
mes désir,
et de toutes
mes souffrances.

Dans le lit, le baiser

Henri de Toulouse-Lautrec

RETOURNER DANS TOUS LES ENDROITS QUE NOUS AVONS C'EST MA FAÇON DE DISPERSER NOS CENDRES.

QUOI DE PLUS ÉROTIQUE, QU'UN JEUNE CORPS FAIT DE VIELLES CICATRICES ?

T'aimer est deux odeurs,
le vin rouge après minuit,
le café noir avant le matin.

Si tu n'as pas peur de me perdre,
je n'ai aucune raison de rester.r

TRAVERSÉS,

Je ne crois pas que l'amour soit constant, je pense **qu'il meurt**, et renaît chaque jour. Ce qui est rare, c'est que cela soit avec la même personne.

Merci *Amour*, de prouver que notre petit faible l'un pour l'autre est notre plus grande force...

JE ME DROGUE,
À MES AMOURS SECRÈTES,
ET IL NE ME RESTE PLUS QU'À
BOIRE LE CAFÉ AVEC UN FANTÔME.

καταστροφή
και
παραγγελία

Si une route existe pour parvenir
à ton cœur, alors j'erre   au loin
de ses pauvres évidences.
Mon amour, le chemin le plus court
ne m'intérèsse pas.
Je veux
te surprendre par la conquête,
comme un roi qui comprend toutes
les forces de la reine,
et guetter le sentier où,
sans même le connaître, tu as laissé
tomber les miettes de peines
qu'il faut guérir,
pour oser quérir avec respect,
la sève des sentiments qui te feront
mienne, en t'offrant tout ce qui fait
de moi tien.

c

Mon amour,
ton âme soeur
n'est pas là
pour te compléter,
mais pour t'apporter la
force d'être toi-même,
entière.

la république de l'amour

!!!

Celui qui est néfaste en amour,
te regarde dans les yeux, pour
contempler son propre reflet.

απoπλανώ

L'ENVOL DES CHOCS ÉMOTIFS
Discussion tardive, amitié,
sincérité, démence d'aimer
sans provoquer l'amour.

La séduction ne t'amuse plus,
ta vision semble *trop nette* depuis
que tu as souffert.
Les charmes des débuts
t'apparaissent maintenant comme
 des mécaniques sans complexes,
            fades et hypocrites,
            ternes et insipides,
où la seule finalité des hommes est
l'espoir   de te prendre.
Les compliments
sont devenus des tactiques,
        les attentions des stratégies
et les confessions des espérances
lubriques, rien ne te fait plus
                          vibrer,
tout simplement car le doute
                      n'est plus.

Oh c'est pour toi que je rêve,
peu importe si cela doit être moi,
mais par pitié, qu'un être vienne te
prouver que l'on peut
aimer d'honnêteté,
que la chair
peut être une récompense
                sans être une finalité.
C'est ma prière ce soir, non pas de
te sauver, mais que quelqu'un
en soit capable.

Abnégation, apprentissage
du véritable amour.

καταιγίδα

LA CHUTE DE LA MÉMOIRE
Les fleurs s'adonnent à la mort,
longue fumée sans filtre,
attente de toi.

Ne me reproche pas
de te cacher le ciel,   alors
que je te protège de toutes
   les tempêtes.

Empli
de l'espoir d'un sommeil paisible
t'enveloppant, je déguste
nos souvenirs, nos temps, à nous,
nos possessions rappelant l'avenir,
ce goût effrayant de frisson,
d'une lutte sans bataille,
où ta chute serait le vide sauveur
menant à mes bras rocaille, et moi
livide rêvant de t'entendre
hurler *rattrape-moi*,
        dormant des gouttes salées
      de ta vie sans moi, je m'égare,
et me retiens encore, d'un corps
battant l'absence de mort, de dire,
de faire, tout ce que tes yeux, d'or
        si rare que nul ne l'aperçoit,
ordonnent,
              Oh tu es aveugle de toi,
                    mais rassure-toi,
                    moi, je te vois.

Croque l'amour, et tu verras
comment saigne le plaisir de la vie

ιστορία

LE SILENCE DES MYTHES
Des doigts abreuvent des frissons,
des rires éclatent sous des chansons,
des baisers se glissent hors de la raison.

Princesse,
je voulais te sauver,
mais il m'a fallu arriver devant
                                        toi,
avec mon costume de chevalier,
pour comprendre
                        que tu étais
                        le dragon.

Je t'aime tant,
que je te laisse partir.
Dois-je encore t'oublier ? Pour que
tu te souviennes de moi.

J'aime,
c'est tout.

Mer *x*

t

Mon amour,
sache
qu'être sans cœur,
n'empêche pas
de se le faire ***briser.***

???

Ne perds pas ton temps
à mériter son amour,
alors que c'est son amour
qui doit te mériter.

βροχή

Verre de cidre, feu de cheminée,
couverture en laine,
bois de cendre.

Sous les débris fractals
de ta peine tu parviens,
péniblement, à coudre une nudité
d'espoir.   Sous la douche
tu laisses la chaleur te surprendre,
débutant par le froid avant de
tourner ton poignet pour
atteindre la brûlure.
          L'eau te marque de tempêtes
sans trahison, tu aimes tant cette
saveur honnête
qu'ont les éléments, et dont sont
dépourvus les hommes que tu as
rencontrés.
Le pommeau entre les cuisses
                    tu jouis, mais
ne pense a personne,
ton plaisir vient du plaisir, c'est un
cercle bien fini, une boucle sans
nœud possible où, pour une fois,
tu ne te sens pas attaquée par
le devoir, par la dette
de la jouissance
partagée,

                              c'est tout
          simplement reposant,
     d'apprendre à se désirer.

Tous les liquides coulent le long de
tes jambes, et je damnerais mon
âme pour entrevoir
au travers d'une porte
            mal fermée,
un fragment de ce que tu es, seule,
loin du regard des autres.

C'est à l'ombre de tes pas,
que j'ai trouvé la lumière.

Ciel *s*

μπάνιο

L'ORAGE DU RATÉ
Jointures de papier usé,
herbe, terre sous les pieds,
téléphone en baignade.

- Pourquoi pleures-tu ?

- Car après toutes ces relations de
néant, je suis toujours
vierge des sentiments.

Ton baptême de l'amour fut baigné
des saveurs du *baiser oublié*,
les croix
sous lesquelles prier étaient faites
de sueurs et de larmes, et du haut
de l'église des corps tu as sombré
dans la confusion des désirs,
lâchant ta propre main,
laissant au bûcher
              ton amour-propre, mais
en conservant la dignité
d'avoir osé jouer
aux croyances des sentiments.

Au loin amer d'une terre
qui s'enterre dans la mer.

Terre *w*

πρασινάδα

Juste quelques mots qui chantent :
N'oublie pas de m'aimer,
avant de dormir.

Il pleut dehors, les vitres pleurent
des enfermements que tu ne peux
plus supporter.
Si tu te retrouves isolée, tu exiges
que ce soit de ta *propre volonté*,
alors
tu sors sous
les déluges ordinaires
qui se retrouvent uniques
                              de t'arroser,
et comme une feuille souple tu
t'abreuves du ciel
sans te retrouver bris   ée.

Tu danses sans bouger,
trempée jusqu'aux os mais
pas jusqu'au cœur.
Tu t'amuses seule,
à observer les humains courir, fuir,
se mettre à l'abri et te demandes :
De quoi peuvent-ils
bien avoir peur ?
Comme si tu étais   la seule
à comprendre que la pluie est une
baignade sans noyade, à l'image de
ta peine sans suicide.
Tu survivras,
tu survis toujours.

Elles sont si belles,
les amours inutiles.

m

Mon amour,
aie pitié de ceux qui te
blessent, car
toutes   *les*
   violences viennent
   du manque d'amour.

la grêle des incendies

...

Tu regardes les étoiles,
je regarde tes yeux,
Mais comment te faire
comprendre que l'on
observe la même chose ?

γλῶσσα

Jet d'encre, bleu, noir,
partout, silence, feu,
caresse solitaire.

Tu hurles
dans les galaxies
toute la souffrance
qu'il y a à ne pas se sentir

digne de souffrir,

et mes oraisons t'accompagnent
sans que tu le saches, je ne suis
pour toi que l'*amour lointain,* si
ignoré qu'il ne peut trouver la force
de luire dans l'espoir de réclamer
l'une de tes délicates attentions.

Je voudrais
me réveiller à tes côtés, que tes
cheveux me piquent le bout du
nez, et pouvoir ainsi remercier la
vie, de me laisser me plaindre de
tout *ce que tu as de parfait.*

Deux langues qui s'étouffent,
c'est tout ce qu'il me faut.

Ciel *o*

ερώτηση

LA GUERRE DES JARDINS
Frôlemment de plaies,
retour, taille impossible,
tendresse, mot indicible.

Tu lèves les yeux et
te demandes d'où la douleur peut
bien (*mal*) venir ? Des mensonges
que tu as gobés ? des vérités que tu
as niées ?
                              Ou bien
serait-ce de ton chemin de jeune
vie, qui jeûne déjà trop d'envie ?

Tout n'est qu'un filament
de questions germant
en éclats dans
tes pensées.

Sous l'espace
offrant des étoiles
mourantes pour seuls
e s p o i r s d'é t e r n i té,

et sous les   *peintures d'agonies*
spatiales qui illuminent
tes songes,
                    tu restes silencieuse,
la bouche ouverte d'un fin trou
noir et inconscient, qui rêve d'un
sommeil,
                    d'un bref soir
          de compréhension.

Avec toi, même mes peurs
ont confiance en moi.

Terre *d*

κιθάρα

Cordes, coupure, sang,
liberté dans les notes,
poésie dans les sons.

Durant tes insomnies la présence
des draps t'étouffe, mais
sans eux tu gèles,
      tout comme en amour,
      tu ne parviens à trouver
      la bonne température.

Tu voudrais
un homme dont même les étreintes
les plus serrées te permettent de te
sentir libre.

                                    Mais
est-ce trop demandé à cet univers
?
Et les planètes tournoient sous
des *actes millimétrés de perfection*,
mais rien ne semble désirer
t'apporter *un souffle* d'équilibre
        dans les gouffres obscurs
            de l'attachement.

Lèche-moi
d'une promesse de reine.

Mer *a*

L'ingéniosité
du naufragé

Ne t'en fais pas, laisse leurs insultes
                         couler
        le long de ta peau,
ce ne sont que de brêves bruines,
de pauvres mots, de piètres sanglots,
des tumultes idiots venant
                de *la peur d'aimer.*
Car ils tremblent de frayeur à l'idée
d'avoir besoin d'un autre... Mais moi,
je suis si fier d'avoir besoin de toi.
Triste monde enfermé dans la politique
d'être *seul pour se battre,*
mais c'est mécanique, les cœurs par deux
                sont plus difficiles à abattre.
Et bientôt,
lorsque les pétales de la guerre
pleureront
            les dernières
                    cendres
                    de leur agonie,
nous irons, main dans la main, déposer
sur leurs tombes de cracheurs de venin,
        des fleurs sans épines,
        et je t'aimerai encore.

Mon amour,
un conseil :
Porte tes cicatrices
comme *des bijoux,*
et tes défauts
comme des *dessous*
en dentelle.

c

!!!

Cesse de souffrir, et cherche à
te retrouver *toi-même*, avant de
chercher à retrouver l'amour.

επιβλητική τελειότητα

LES ANOMALIES DES IDOLES
C'est bon, ferme-la
avec tes jolies mots !
Ça me fait trop de bien.

- Je ne suis pas une si
bonne personne.
- Tant mieux, je n'aime pas ça, les
bonnes personnes.

Regarde-moi dans les yeux,
ils sont humides n'est-ce pas ?
De véritables miroirs...
Si tu observes bien, tu pourras te
voir, comme je te vois,   et
comprendre - enfin - à quel point
tu es belle.

Un violon pleure
dès que je t'aperçois.

Ciel *i*

αυταπάρνηση

LES DÉTAILS AMOUREUX
En faisant glisser le couvercle
d'un bocal où tu enfermes
mon cœur.

- Pourquoi refuser
de m'embrasser ?
- Ma chère, il existe des fleurs trop
belles pour avoir le courage
de les ceuillir.

L'amour,
c'est lorsque tu fais semblant
d'être une *femme faible*,
        pour que je puisse me
sentir comme un *homme fort*,
et qu'ensemble,
nous faisons semblant d'y croire.

Je veux t'apprendre le manque,
pour te guérir à coups de moi.

φύλο βία

Nues dehors, pluie de pénétrations,
mais où ? Où va toute cette distance
que l'on parcourt ensemble ?

Dans le train
tu dessines des cœurs mal formés
sur des vitres où tu souffles
la buée de ta solitude.
Tes doigts,
légèrement humides
sont polis d'une douceur
difficile à   percevoir.
Les gens passent,
rentrent et sortent, t'ignorent et
manquent ta contemplation. Que
le monde est stupide ! Mais quelle
joie de *me sentir seul* à pouvoir me
délecter de la scène.

Nulle chaire ne te manque,
mais le parfum d'un brisement de
solitude te tente – tu es une lune
        en besoin d'être pleine,
au moins de *temps en temps*,
une reine
vivant bien sans couronne,
mais aux cuisses rêvant du repos,
        et, d'un trône de velours.

Hurlements, coups,
et inévitablement, l'amour.

Mer *s*

t

Mon amour,
apprend à écouter, les
je t'aime
qui se disent
par les actes.

le silence après l'amour

???

L'amour est la seule peur
qui fait sortir l'enfant en nous
à l'extérieur de sa couverture.

αργά

Les feuilles tombent de tous
les arbres qui j'ai fait pousser
pour toi.

De tes cheveux
en guise de drapeau blanc,
tu frôles les plages au côté de la
mer, c'est comme si tu lui tenais la
main pour faire jalouser l'océan.
                                    Et
tandis que tu laisses couler des
larmes à contre temps, et que
les vagues pleurent la marrée,
            je vois ton reflet s'éloigner
                        dans la poussière.
Que suis-je pour toi ?

Attends de celui que tu ne connais
pas qu'il soit le bon,
mais n'espère pas que celui que tu
connais le devienne.

Ce qui m'a séduit chez toi, c'est que
tu n'as pas essayé de me séduire.

νερό αστραπή

Oh que l'on peut être
cruel de trop aimer
être aimé.

Tu as tant pleuré au cours de ta vie
que tu sais
nager dans la tristesse,
aucun mal ne peut te noyer.

Oh mon amour,
je t'admire de devenir à
l'*image de l'eau*, oui, un rien suffit
à te tordre, mais rien n'est capable
de te briser.

En amour, couper les ailes d'un ange
ne l'empêche pas de voler.

Terre *s*

τέλος

LE RICANEMENT DES SÉPARATIONS
Sous une bougie, cire sur les mains,
la douleur de l'amour est
un souvenir.

Je m'en fous de ton amour, tu peux
le garder, je n'ai jamais attendu de
retour, je n'ai jamais souhaité
être aimé.
Je voulais juste donner,
te donner, et me libérer
du poids des sentiments,
en crevant des larmes
de la passion.

Chérie,
tu dois savoir que se faire tromper
est un soulagement,   car
tu peux comprendre
qu'il n'était qu'une *perte de temps*.

Toute relation qui s'achève
est une leçon.

Mer *h*

m

Mon amour,
ce sont les plus grandes
blessures du cœur, qui
nous apprennent
à *aimer*.

la paix du perdant

...

Être amoureux c'est se dire :
*Que fait celui que j'aime
sans moi ?*

χαρά

Un ami me donne des conseils,
et je le hais de se croire capable
de comprendre mon amour.

Tu veux être libre... Mais
                    mon amour,
                te libérer
        m'emprisonne.

Mon âme
romantique me laisse croire que tu
as de *l'encre dans les yeux*.
                                    Je vois
dans tes jeux de regard
des centaines de poèmes
se dessiner d'espérance le long de
mes cils pluvieux, ça me pique la
rétine, mais
le monde m'avait prévenu
que la beauté la plus pure est
avant tout est *un éblouissement*.

Justifier son amour,
c'est déjà ne plus aimer.

μύγα

LE LANGUAGE DES OFFRANDES
La chatte danse sur le piano,
la chienne ronfle au coin du feu,
tous les crépitements me boulversent.

Oh ma chérie
l'amour est voleur,
on le pique, on le dérobe,
mais si on nous l'offre,
il est tout de suite
un peu plus fade.

A l'orée des étoiles
les silences sifflent ton nom,
des pétillements de pâleurs bavent
sur mes croyances
 comme des révélations multiples,
sur l'infini
de l'amour unique.
L'obscur néant me berce d'attente,
m'enivre de souvenirs futurs et me
laisse,
        dans le calme de ton mystère,
avec l'impatience de te découvrir.

J'aime le sexe pressé,
et l'amour patient.

Terre *j*

χωρίς χρώμα

LA PHYSIQUE DES SUPPOSITIONS
Blessure, rouge partout, mal,
douleur à moi-même, de moi-même,
avec moi-même, et pour toi.

Je sais,
tu ne veux pas être le *peut-être*
                    de quelqu'un, tu veux
être une certitude, un
oui, c'est elle, et c'est tout.

Ma belle,
je sais qu'ils te traitent
comme le diable !
Alors que tu as simplement
survécu à l'enfer...
C'est parce qu'ils n'ont jamais vu
d'ange qu'ils te prennent pour un
démon.
Mais
ne cache plus tes ailes,
je t'en prie mon aimée, car être
amoureux c'est avant tout
apprendre à voler.

Si l'amour est éphémère,
alors il ne connaît pas la lune.

Mer *x*

Le règne
de ton monde

Les paupières sur le cœur,
tu bats des cils avec l'âme...
                              Oh, c'est si beau
                    une femme qui palpite de l'intérieur.
                         Combien de menteurs t'ont dit :
                              Moi, je reste ?
Combien de fois, par peur, as-tu fui pour
ne pas entendre ce geste ?
Ce mouvement, ce départ au *loin de toi*,
                    comme si tu n'étais qu'une île
                         où les bateaux passent sans
                              jamais s'amarrer.
Et je regarde sous ta mer, les pétales de
                    ton sable humide, pour te dire :
Moi, ma belle,
je veux m'échouer.

Et même lorsque demain
apportera ma mort,
je serai à toi, et
je t'aimerai encore.

Made in the USA
Coppell, TX
04 February 2020

15367889R00075